DIE 47 EUROPÄISCHEN HAUPTSTÄDTE

1 AMSTERDAM
2 ANDORRA LA VELLA
3 ANKARA
4 ATHEN
5 BELGRAD
6 BERLIN
7 BERN
8 BRATISLAVA
9 BRÜSSEL
10 BUDAPEST
11 BUKAREST
12 DUBLIN
13 HELSINKI
14 KIEW
15 KISCHINAU
16 KOPENHAGEN
17 LAIBACH
18 LISSABON
19 LONDON
20 LUXEMBURG
21 MADRID
22 MINSK
23 MONACO
24 MOSKAU
25 NIKOSIA
26 OSLO
27 PARIS
28 PODGORICA
29 PRAG
30 PRISTINA
31 REYKJAVIK
32 RIGA
33 ROM
34 SAN MARINO
35 SARAJEWO
36 SKOPJE
37 SOFIA
38 STOCKHOLM
39 TALLIN
40 TIRANA
41 VADUZ
42 VALETTA
43 VATIKANSTADT
44 VILNIUS
45 WARSCHAU
46 WIEN
47 ZAGREB

Der Hamstermann in Amsterdam

Alle 47 europäischen Hauptstädte
von Amsterdam bis Zagreb
und ihre Länder
in Reimen

Text und Illustration:
Ulrike Marrach-Böhm

DESIGN PAVONI®

Texte: Ulrike Marrach-Böhm (Mit 3 Reimen von Roman Böhm)

Umschlaggestaltung: Ulrike Marrach-Böhm und Roman Böhm

Lektorat, Layout und Satz: Roman Böhm

1. Auflage

Druck und Bindung: Druckhaus Köthen GmbH, D - 06366 Köthen

Printed in Germany ISBN 978-3-942199-56-8

Einführung

Wie viele europäische Staaten gibt es? 27, 38, 47?
'mal ganz ehrlich, Sie haben keine Ahnung! Oder?
Und wie heißen diese Länder? Wie heißen die dazu gehörenden Hauptstädte?
Allgemeinwissen, das kaum jemand hat.
Schade eigentlich, zumal Europa in aller Munde ist.

Laut einer repräsentativen Umfrage kennt nahezu keiner die Anzahl der europäischen Staaten, nahezu keiner weiß, wie alle diese Länder und deren Hauptstädte heißen. Anders ist das bei meinen Tageskindern.

Ich bin freie Diplom-Journalistin, arbeite nebenberuflich als Tagesmutter und schreibe an mehreren Kinderbüchern. Wichtig ist mir, auf spielerische Weise Allgemeinwissen zu vermitteln. Und die Praxis zeigt, mein System funktioniert!

Ich habe alle europäischen Länder mit den dazu gehörenden Hauptstädten in einfache, kurze Reime gefasst und diese mit lustigen Illustrationen versehen.
Durch das assoziative Lernen wird es somit zum Kinderspiel,
sich die Länder und ihre Hauptstädte einzuprägen
und das Wissen über Stichworte, wie z.B. Hamster, abzurufen.

Meine Tageskinder waren sattelfest, nachdem wir die Verse ein paar Mal gelesen hatten. Wollen Sie nicht auch, dass sich Ihre Kinder in der Welt auskennen?

Na dann, viel Spaß beim Schlauwerden!
Und keine Angst mehr vor der nächsten Pisa-Studie!

Widmung

Dieses Buch widme ich

meinem Sohn Konstantin Marrach und seiner Frau Franzi,

meinen bisherigen und jetzigen Tageskindern

Saki, David, Christina, Anna, Ronja, Naomi, Sinan, Suela, Adrijana, Valentina, Noah und Samuel

und meinen zukünftigen Tageskindern.

Besonderen Dank meinem Ehemann Roman Böhm, der mir bei der Umsetzung des Buchprojekts liebevoll zur Seite stand.

Amsterdam / Niederlande

Hamsterfrau und Hamstermann
verliebten sich in Amsterdam.
Da kam ein Hamsterkind zustande.
Das Hamsterland heißt: Niederlande.

Andorra la Vella / Andorra

Ein Zwergstaat ohne Zwerge?
Dafür hat Andorra Berge.
Hängt man dann noch "la Vella" dran,
kennt man die Hauptstadt, Mann, oh, Mann

Ankara / Türkei

3,2,1 und 1,2,3.
Fahren wir in die Türkei.
Auch nach Ankara soll's gehen.
Woll'n doch 'mal die Hauptstadt sehen.

Athen / Griechenland

2-4-6-8-10.
Wir fahren nach Athen.
Wir fahren gern nach Griechenland.
Komm Du auch mit!
Nimm meine Hand!

Belgrad / Serbien

„Bell' g'rad' 'mal", sagte die Katze zum Hund.
Und der Hund bellte nach Leibeskräften.
So laut, dass es fast schon störte
und man in ganz Serbien hörte.

Berlin / Deutschland

Berlin, Berlin, "ick liebe Dir".
Vereinte Stadt im deutschen Land.
Dein Fernsehturm ist weltbekannt.
Berühmt ist die "Berliner Luft",
sie hat 'nen ganz besond'ren Duft.

Bern / Schweiz

Ach, Ihr Herr'n, ich wüsste gern,
wo liegt nur das schöne Bern?
Die Stadt mit dem besond'ren Reiz,
die liegt natürlich in der Schweiz.

Bratislava / Slowakei

Bratislava, Slowakei,
wann legt Trude denn ein Ei?
Bratislava, Slowakei,
Trude legt sofort ein Ei.

Brüssel / Belgien

Der Elefant hat einen Rüssel.
Und Belgien - die Hauptstadt Brüssel.
Die Eselsbrücke lob' ich mir.
Der Elefant, ein gutes Tier.

Budapest / Ungarn

Die Ungarn feiern gern ein Fest,
im wunderbaren Budapest.
Die Ungarn lieben Paprika.
Wir fahr'n dorthin, komm mit! Hurra!

Bukarest / Rumänien

Wir machen jetzt einmal den Test:
Zu welchem Land zählt Bukarest?
Rumänien, das ist doch ganz klar.
Da flieg' ich hin, im nächsten Jahr.

Dublin / Irland

Was malen wir mit Farb' und Pinsel?
Irland malen wir, die Insel.
Dublin heißt das City-Städtchen,
und dort gibt es hübsche Mädchen

Helsinki / Finnland

In Finnland sind die Kinder hell.
Sie finden jede Antwort schnell.
So findig wie die Finnen sind.
Auch Helsinki kennt jedes Kind.

Kiew / Ukraine

Ach, in Kiew wär' ich gern,
wie auf einem fernen Stern.
Die Stadt gehört zur Ukraine.
Ich flieg' dorthin – im Traum als Biene.

Kischinau / Moldawien

Merken wir uns Kischinau.
Sind wir alle richtig schlau.
Wer dann noch Moldawien kennt,
hat die Schulzeit nicht verpennt.

Kopenhagen / Dänemark

In Dänemark, will ich Dir sagen,
heißt die Hauptstadt Kopenhagen.
Die Nord- und Ostsee gibt es dort.
Ich kauf' ein Haus, will nie mehr fort.

Laibach / Slowenien

Laibach oder Ljubljana,
nenn' das Städtchen, wie du willst.
Doch eins, das wissen nur die wenigen.
Das Land dazu heißt? Stimmt: Slowenien.

Lissabon / Portugal

Melissa Frosch aus der Stadt Bonn,
sie fliegt sehr oft nach Lissabon.
Portugal heißt dieses Land,
wo sie sich so gern entspannt.

London / Großbritannien

Großbritannien, wie war das doch gleich,
ist ein vereintes Königreich.
Die Hauptstadt London hat viel Power,
da gibt's die Themse und den Tower.

Luxemburg / Luxemburg

Luxemburg, ein leichtes Spiel!
Lernen muss man hier nicht viel.
Denn die Stadt heißt wie das Land,
das ist allen gut bekannt.

Madrid / Spanien

Spanien, da komm' ich ins Schwärmen,
denn die Sonne dort kann wärmen.
Madrid, so heißt die Hauptstadt dort.
Ich mag das Land und auch den Ort.

Minsk / Weißrussland

Belarus - heißt Weißrussland.
In Deutschland ist das Land bekannt.
Und wenn Du ein ganz Schlauer bist,
weißt Du, dass Minsk die Hauptstadt ist.

Monaco / Monaco

Monaco, dieses Zwergenland,
ist durch Grace Kelly weltbekannt.
Und weil das Land ein Stadtstaat ist,
die Hauptstadt Du niemals vergisst.

Moskau / Russland

Der Kreml, der bekannte Bau,
steht in der Hauptstadt, in Moskau.
Russland ist das größte Land
und in aller Welt bekannt.

Nikosia / Zypern

Mit Farbe, Tusche und Pinsel,
male ich Zypern, die Insel.
Auf's Bild schreibe ich dann dick mit Feder.
Hauptstadt: Nikosia! Das weiß dann jeder.

Oslo / Norwegen

O-S-L-O! Das ist ein Wort!
Und auch ein ganz besonderer Ort.
In Norwegen kennt jeder die Stadt,
die den prägnanten Namen hat: Oslo!

Paris / Frankreich

Der Eiffelturm steht, wer weiß dies?
In Frankreichs Hauptstadt, in Paris.
Paris ist immer ein Magnet,
wenn es um Kunst und Mode geht.

Podgorica / Montenegro

Podgorica (gespr. Podgoritza), Montenegro
Stadt und Land sind kaum bekannt.
Dennoch sollten wir sie kennen
und beim richt'gen Namen nennen.

Prag / Tschechien

Ach, mein Freund, komm her und sag',
wo liegt denn das schöne Prag?
In Tschechien liegt die goldene Stadt,
die altehrwürdige Bauten hat.

Pristina / Kosovo

Ich kenne eine Ina,
die schmuste in Pristina.
Ihr Freund war darüber recht froh,
er lebte auch im Kosovo.

Reykjavik / Island

Für Reykjavik, das ist die Tücke,
gibt's leider keine Eselsbrücke.
Das Land dazu, Du ahnst es gleich,
heißt: Island und nicht Österreich.

Riga / Lettland

Zwei Knaben in Riga
ritten auf einem Tiga (Tiger).
In Lettland sahen alle zu.
Da verwandelte sich der Tiger - in eine Kuh

Rom / Italien

Hauptstadt: Rom, ein kurzes Wort,
für 'nen weltbekannten Ort.
Auch Venedig ist bekannt,
Italien heißt dazu das Land.

San Marino / San Marino

In dem kleinen San Marino
sind zwei weit're San Marino.
Die Hauptstadt heißt so und ein Fluss,
dies zu wissen, ist ein Plus.

Sarajewo / Bosnien-Herzegowina

In Bosnien-Herzegowina
singt Sara süße Lieder.
In Sarajewo sang sie auch,
da knieten alle nieder.

Skopje / Mazedonien

In Skopje lebte ein Skorpion,
der konnt' ein wenig sprechen.
Und wenn er „Mazedonien" sagte,
fing er an zu stechen.

Sofia / Bulgarien

Hauptstadt oder Mädchenname?
Wie man's ausspricht, ist die Frage.
Sofía - ist das schlaue Mädchen,
und: Sófia - Bulgariens Städtchen.

Stockholm / Schweden

Lass uns doch von Stockholm 'mal reden!
Das ist die Hauptstadt? Na? Von Schweden!
Und: Ist von einem Strolch die Rede,
dann sagt man gern: „Du alter Schwede!"

Tallinn / Estland

Estland hat als Hauptstadt, sag'!
Nicht Berlin und auch nicht Prag.
Wer 'mal dort war, mag es sehr,
das Tallinn, direkt am Meer.

Tirana / Albanien

Kennst Du die kleine Jana?
Jana wohnt in Tirana.
Albanien heißt ihr Vaterland.
Und wer das weiß, der hat Verstand.

Vaduz / Liechtenstein

Liechtenstein!
Klein und fein,
fein wie leckr'es Apfelmus.
Darauf reimt sich kurz: Vaduz.

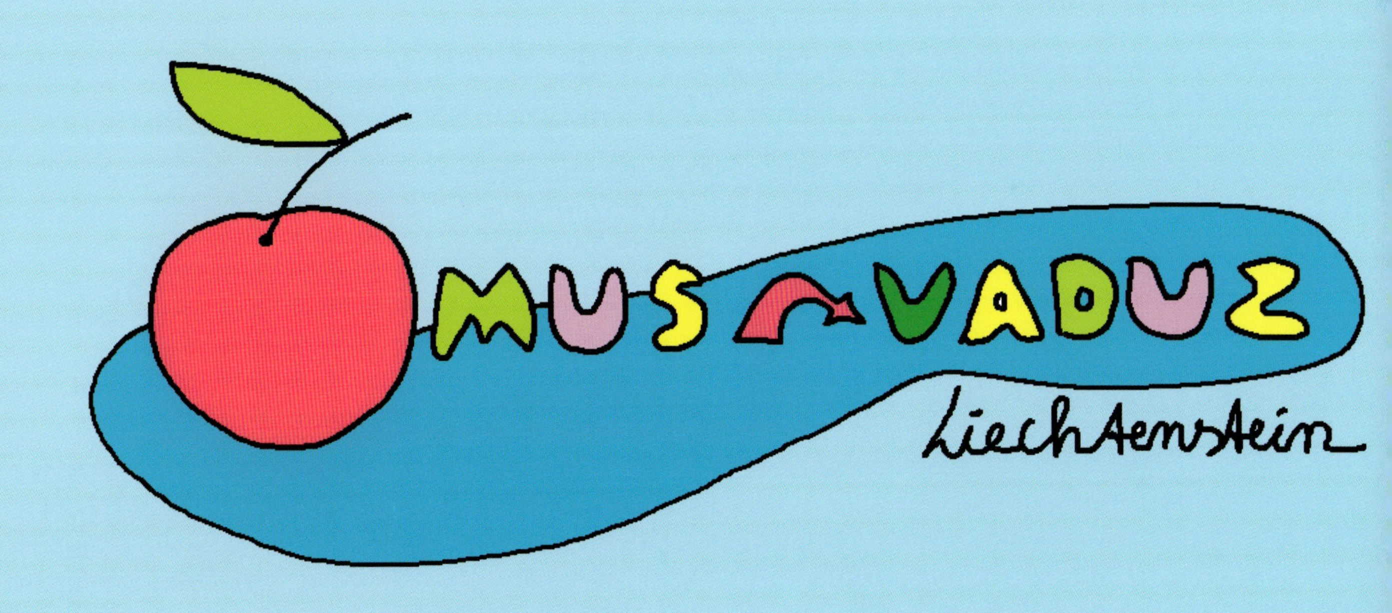

Valletta / Malta

Malta liegt im Mittelmeer.
Ja, diese Insel mag ich sehr.
Und an der Küste liegt Valetta,
ein hübscher Ort, ein richtig netter.

Vatikanstadt / Vatikan

Vatikan, ein leichtes Spiel.
Üben muss man da nicht viel.
Denn die Stadt heißt wie das Land,
ist durch unsern Papst bekannt.

Vilnius / Litauen

Vilnius, hier muss ich nachschauen,
ist die Hauptstadt von Litauen.
Würde gern die Stadt besuchen,
wollen wir noch heute buchen?

Warschau / Polen

Ich WAR 'mal dort und sagte SCHAU
und kam zurück aus Polen.
In Warschau blieb jedoch mein Herz,
es hat mir ein Pole gestohlen.

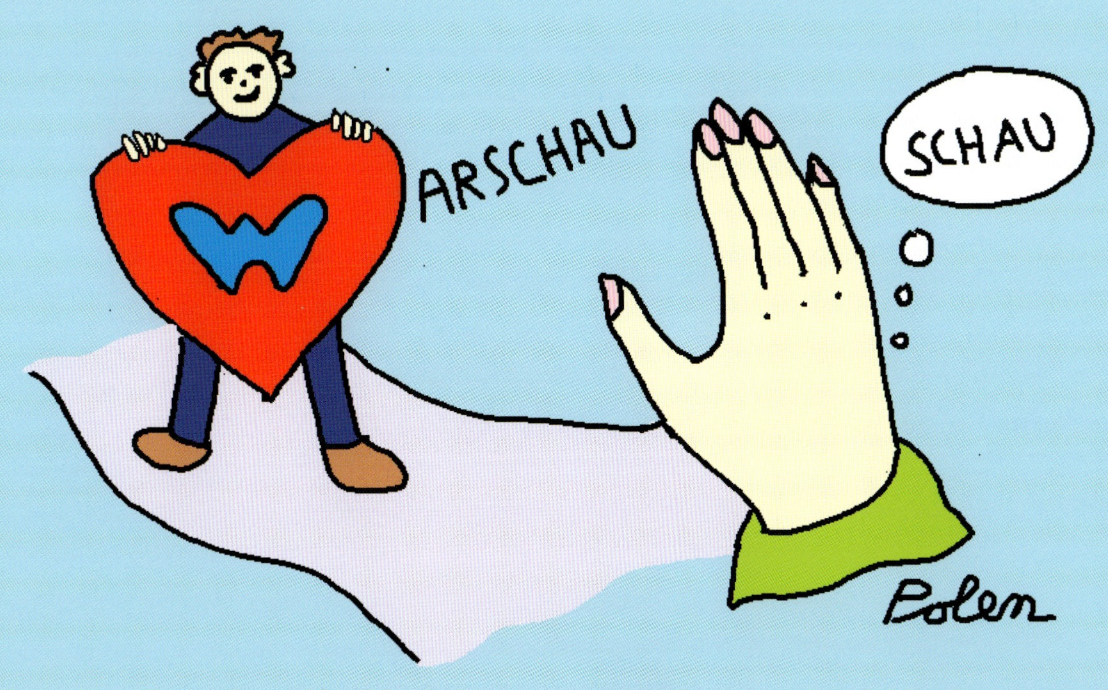

Wien / Österreich

Halli, hallo, wie heißt doch gleich
die Hauptstadt vom tollen Österreich?
Häng' an das "Wie" ein "n" noch dran,
das wird ein lustiges Gespann: WIEN!

Zagreb / Kroatien

Zu guter Letzt, ach lass uns raten!
Wie heißt die Hauptstadt der Kroaten?
„Zagreb, Zagreb", ruf's geschwind!
Bist ein richtig schlaues Kind.

Inhalt

1 = Amsterdam / Niederlande

2 = Andorra la Vella / Andorra

3 = Ankara / Türkei

4 = Athen / Griechenland

5 = Belgrad / Serbien

6 = Berlin / Deutschland

7 = Bern / Schweiz

8 = Bratislava / Slowakei

9 = Brüssel / Belgien

10 = Budapest / Ungarn

11 = Bukarest / Rumänien

12 = Dublin / Irland

13 = Helsinki / Finnland

14 = Kiew / Ukraine

15 = Kischinau / Moldawien

16 = Kopenhagen / Dänemark

17 = Laibach / Slowenien

18 = Lissabon / Portugal

19 = London / Großbritannien

20 = Luxemburg / Luxemburg

21 = Madrid / Spanien

22 = Minsk / Weißrussland

23 = Monaco / Monaco

24 = Moskau / Russland

25 = Nikosia / Zypern

26 = Oslo / Norwegen

27 = Paris / Frankreich

28 = Podgorica / Montenegro

29 = Prag / Tschechien

30 = Pristina / Kosovo

31 = Reykjavik / Island

32 = Riga / Lettland

33 = Rom / Italien

34 = San Marino / San Marino

35 = Sarajewo / Bosnien-Herzegowina

36 = Skopje / Mazedonien

37 = Sofia / Bulgarien

38 = Stockholm / Schweden

39 = Tallinn / Estland

40 = Tirana / Albanien

41 = Vaduz / Liechtenstein

42 = Valletta / Malta

43 = Vatikanstadt / Vatikan

44 = Vilnius / Litauen

45 = Warschau / Polen

46 = Wien / Österreich

47 = Zagreb / Kroatien